遠い呼び声

山口春樹詩集

土曜美術社出版販売

詩集　遠い呼び声＊目次

Ⅲ

Ⅳ

カバー写真／著者「コシダカオキナエビス」

詩集　遠い呼び声

I

蜜柑をむくと

もう見かけない　木の蜜柑箱*
蜜柑をむくと
時に　杉の匂いが甦り
遠い日々を呼び寄せる

ぼくはいよいよ中学生
居間の畳に
杉の蜜柑箱を横たえて
牛乳瓶に草花を挿す
教科書とノートと筆箱を置き
座布団を敷いて膝を入れると

小《ち》さい軀にちょうどよく
薬のような杉の匂いも悪くない
杉箱の蜜柑は持ちがいいという
ぼくも箱の机に身が馴《な》じみ
縁側や納戸《なんど》などへも持ち運ぶ

ぼくはもう高校生
箱の机が窮屈になり
進学が認められない家も気づまり
成績も芳《かんば》しくない
三年生になり
クラスには進学の気が漲《みなぎ》って
放課後も　ひとり残って机に向かう
混声の合唱がしきりに聞こえ
机には　彫り残されたさまざまな志望校
日が傾いて

歌声がやみ
校庭もいつしかしんと静まると
理科室のにおいが少し強くなる
気がつくと　字が読みづらくなっていて
小使さんの足音が
いつものように途切れ途切れにやってくる
足音が遠のいて
机のものをズックの鞄にしまい
三階の窓越しに　遠く目をやる

青春なんて　あるのだろうか。

＊　杉の蜜柑箱＝蜜柑の箱は、間伐された杉の粗板《あらいた》で作られていた。

やさしい毒

高校を出ると、塾に子供を集めて生計を立て、進学を目指した。学力もなく、大学に入れたのは三年後。だが専攻した有機化学が妙に陰気で、先が見えない。研究室の教官が、新制の大学を軽んじて学生を扱《こ》き使い、アルバイトを詰《なじ》るのも暗くした。

三年次の夏の夕方。だれもいない実験室で、小指ほどのガラス管の片端をバーナーで閉じ、アンプルにした。次に棚からシアン化カリウム（青酸カリ）のポンド壜（四百五十グラム入り）を取り出した。中はほとんど手つかずで、二千人は死ねるんだなと思う。天秤の試料皿に薬包紙をのせ、〇・二グラムあまり量り取る。白砂糖の三盆白《さんぼんじろ》にそっくりだ。少しずつアンプルに入れ、バーナーで口を閉じ、鑢《やすり》で軽く切り目をつける。ちり紙でくるんで鞄にしまい、外に出て、切り札を得た気がし、夕映えを眺めわたした。

秋になり、他のO大学の先生が招かれて、生命の神秘を探る新分野「生物化学」の講義があった。幼くして貝殻に魅了され、生き物に興味があった私は、まさに自分の分野だと気がついた。ぜひO大学の大学院に進みたい。しかし難関、勉強しなおすしか道はない。私は必須の単位を一つ取らずに留年し、塾の仕事をやりながら部屋に籠って勉強に明け暮れた。過労と栄養不良で蒼白く頬が瘦《こ》け、貧血に苦しんだ。だが「切り札」が、今や魔除《まよ》けのお守りになり、揺れる心を宥めてくれた。
四年次の夏、教官に嗤われながら、O大学の大学院を受験した。合格発表を、その日の研究を終え、日が傾いて、見に行った。人影のない玄関の貼り紙に自分の名前を目にし、足もとが頼りなくなる。相応《ふさわ》しくない気がして立ちつくし、外に出て、もう毒物を持っていてはいけない気がしはじめた。由緒ある石橋にさしかかり、ふと足を止め、鞄から小さな包みを取り出した。中を開け、じっと見て、川へ投げようとして、ためらった。暮れ泥《なず》む西空の下、ほの暗い川面《かわも》を見ていたが、包みなおして鞄にもどし、ゆっくり橋を渡っていった。

毒は、文字通り、母に似たものを忍ばせている。最強のボツリヌス毒素*が筋肉痙攣症によく効くように、青酸カリは、そっと気持ちを和らげてくれたのだ。「三盆白」は、今日《いま》も心深くに座をしめていて、かの日々を憶うたび、ほんのり甘く偲ばれるのである。

＊　ボツリヌス毒素＝嫌気性グラム陽性菌クロストリジウム・ボツリヌムが作る神経毒タンパク質。致死量は青酸カリの約三百万分の一。

遠回り

篩《ふるい》は比較的小さいものを網目から落とす道具だが、大きいものを先に落とせる〈分子篩〉という分析法がある。学生のとき、この方法で小さい分子と大きい分子をわけようとした。大きな分子は入れない孔《あな》が無数に開いている白いゲル[*1]の顆粒を、長さ一メートル、径二センチほどの垂直のガラス管（カラム）に詰め、上から緩衝液[*2]を流して安定させる。赤色の大きい分子と、無色だが紫外線をあてると蛍光を出す小さい分子の混合物を、少量の緩衝液に溶かしてカラムの上にしみこませ、緩衝液をゆっくり流す。大きい分子は顆粒の間を近道し、小さい分子は顆粒の中の曲がりくねった孔を通って下りてくる。混合物は、やがて赤い層と黄色く光る層に分離し、赤い層が速く動いて差をつけていく。ついに赤い分子がカラムから流れ出しても、小さい分子はまだ悠然と移動している。ぼくは、一段と鮮やかに輝いてひとり行く小さい分子に惹きつけられた。暗示してるなと思われたのだ。学力も学資もなくて、働きながら三年も浪人したぼくに。大学に入っても興味がわかず、留年して専攻を変え、いま別の大学で苦学しているこのぼくに。
じっとわが身を透視する。

まっとうな道を進めず　難渋し
行き悩んで道も変え
それで引け目を感じているのだが
変じゃないのか
かつて孤高の思想家[*3]も説いたじゃないか
〈迷ったときに自分のことがわかりはじめる。まわりの動き
　に囚われず、身の内の鼓手のリズムに従え〉と
たしかにそうだ

考えに考えて「顆粒」の中を回り道したのだ
だがその途上　出会いはしなかったのか
本道をすいすい行けば見えにくい　貴重なものに
もっともだ
出会っただろう
いや　出会ったはずだ
そう　願わくば
心の眼《まなこ》を見開いて邁進《まいしん》するための大切な要素に――

この日ぼくは、画期的と賞されている分析法に励まされ、前方にやっと光が見えた気がした。
二十七になる極月十四日、義士討ち入りの日のことである。

＊1　ゲル＝ゼリー状に固化したもの。
＊2　緩衝液＝外から酸や塩基を加えてもPH（水素イオン濃度）をほぼ一定に保つ液。
＊3　思想家＝『ウォールデン　森の生活』の著者H・D・ソロー。

忘れ潮

まだ若かった七〇年代のはじめ、学会の会場で、向こうから東京大学医学部の山川民夫[*1]先生が来られた。お身体は大きいが、ゆったりとして温容だ。目立たない大学の無名の助手をご存知ではなかろうが、黙礼しようと身構えた。

と、先生は、あっという顔をされ、先にゆっくり頭を下げて、目を伏せて通られた。あわててペコンとおじぎして、後ろにだれかいたのかと振り向くと、先生の背中だけ――。

やがて知らせに驚いた。若手の研究を励ます賞の候補に私も推《お》され、最後の二人に残ったと。

聞き違いかと、返事に困る。つい先ごろまでは相手にされず、いまも孤独な研究だ。しかも自分は、三年も浪人して進学し、進路に迷い留年もした曰く付き。結局は東大の研究者が受賞したのだが、山川先生が、選考が「経歴」でコンタミ[*2]されていないかとおっしゃったとか。

そして間もなく先生は、学会誌に短い文を寄せられた。〈選考はしばしば微妙。受賞者を二名以内とするべきだ〉と。

先生のお心遣いは、忘れ潮[*3]に、ふと差しこんだ目映《まばゆ》い陽射し。学生のとき、軽視されてきた糖質に必須の高次機能を察知し、一生をかけた探究の裏街道を照らしつづけた。

＊1　山川民夫＝生化学者。東京大学医学部長や東京薬科大学の学長を務め、朝日賞などを受賞。文化功労者。ＡＢＯ式血液型が、赤血球表面の糖脂質の構造で決まることを解明。（一九二一―二〇一八）

＊2　コンタミ＝コンタミネイト（汚染する）。

＊3　忘れ潮《じお》＝潮が引き、岩の窪みなどに残されている海の水。

半世紀後のささやかな配当

戦後まもない小学生のとき
つやつやとした厚手の紙が何枚も
部屋の屑かごに捨てられていた
まっ白な地に　黒々とした大きな文字がきちんと並ぶ
急いで父に訊ねると
――マンシュウテツドウのカブケン
とそっけなく言い
紙くずや　と怒ったように言い添えた
紙くず！
（教科書でさえすぐに破けるザラ紙だった）
大切にしまっておいて

眺めたり撫でたりし
ヒコーキになって生垣を飛び越えたものもある

それが満州鉄道の株券だと知ったのは　高校生のとき
なぜ傀儡《かいらい》政権の株券を買ったのか　そして
なぜ何十万の人々がどっと「満州国」へ渡ったのか
語気を強めて父に質すと
――みんなそうするからと勧められ　つい乗ってしもたんや
いつも滔々《とうとう》とのたまう父が力なく言い
――チェンバレンはよく見てる
と間を置いて呟いた
チェンバレンとはだれなのか
なにを見たのか
つい聞きそびれ
気になっていた

ずっとのち
とっくに逝った父の書棚に答えがあった
B・H・チェンバレン*の『日本事物誌』に〈日本人はとりわけ
　付和雷同しやすい民族……〉とあり
鉛筆で傍線が引いてある

〈日本人は〉とくくられるのが気にさわり
本の扉のチェンバレンの髭面を眺めていると
しんとした父の書斎に　滔々と声が聞こえはじめる
——時勢や流行《はやり》に背を向けて　肩書を気にもせず　冷や飯を
　食わされながら独自の研究をするなんて　おまえもばか
だ。だが　まあいいだろう。日本ではそれだけの意味はあ
　りそうだから……
負けず嫌いの父の　川向こうからの声らしい。

＊　Ｂ・Ｈ・チェンバレン＝明治初期に日本に滞在し、『古事記』などの古典を世界に紹介したイギリスの言語学者。

軽い肩

仕事を辞《や》めて肩書がなくなると
ずいぶん淋しいものらしい
無理を承知で頼める者も
真剣に耳を傾けてくれる者ももういない　と
大手の役員だった友人の愚痴ははじまる
家人には時代物の蓄音器みたいに扱われ
行きつけた酒場に顔を出しても
話し相手は　ママひとり
労わられ　話の種はすぐつきて
もはやかつての敬意も感じられない
いまの自分はなんだろう

これではまるでもぬけの殻だ
署名にいつも「○○大学名誉教授」とつける輩《やから》を
もう嗤えない──

人の世は案外うまくできている
ついぞ肩書らしいものはなく
酒場で飲むのも身に合わず
ひとり手酌のわが身など
はいさよならと退職できて
大胆な転身も難しくない
低い視座に馴染んだ身には
散歩中でも旅路でも
誰彼なしに話もできる
鄙《ひな》の湯壺で首だけ出して
どちらから?
と話しかけ

ご隠居さんだったり
猟師《またぎ》だったり
療養中の人だったりし
檀家の減ったお坊さんの悩みをさんざ聞かされた
　こともある

美空ひばりの「悲しい酒」は
肩書をなくした人がよく口ずさむ歌だそうだが
ついぞ歌ったことがなく
歌詞も知らない
とは言うものの
夜遅く　狭い風呂場で
おれは河原の枯れすすき*……
とつい歌い
ご近所の迷惑になりますから　と
きまり悪げな家人に

たしなめられたことはあったが。

＊　おれは河原の枯れすすき＝民謡「枯れすすき」（作詞・野口雨情、作曲・中山晋平）。

オキナエビス

――少時生きものの妙に気づかせてくれたのは貝殻だった。

老いて訪ねた真鶴《まなづる》の
岬にあった　貝類の博物館*
リーフレットを飾るのは
おお　オキナエビスだ！

オキナエビスを知ったのは、暮らしに困って在に越す、戦後間もない小学四年のときだった。
その日、父の部屋から、数千種の貝殻が玄関に運び出された。
奇《く》しき姿に驚いて次々と標本箱を覗きこみ、どっしりとした赤い巻貝に息を呑む。丈幅ともに十数センチ。円錐の頭からなだらかな螺丘《らきゅう》を巻いてほぼ十層。橙色の殻表《かくひょう》に無数の紅焔《こうえん》が立ちのぼり、裾にスリットが、殻口《かくこう》から水平に五センチほど切れこんでいる。〈コシダカオキナエビス〉と札にあり、父は、深海の主《ぬし》、ごく珍しい「生きた化石」だと言う。

寂しい山林の家に越し、しじゅう標本と厚い図鑑を持ち出してわれを忘れた。気がすむと、最後にそっとオキナエビスを手に取った。

海水浴は、貝殻探し。自分の標本も少しずつ増え、臨海学校で、貝殻の図鑑の役を仰せつかった。やがて興味は山林の甲虫や蝶にも向かい、生き物の不思議に将来の夢を描いた。

だが親は、貧しいし、子の将来に無関心。高校を出て、子供の塾を開いて自立し、大学に入れたのは三年後。しかし専攻した有機化学が陰気臭くておもしろくなく、教官たちも威圧的。

暗澹としていたある日、生命の神秘に迫る新分野「生物化学」の生きいきとした研究を知り、目がさめた。ぜひしかるべき大学院に進みたい。だが学力がない。人生の岐路、この一手あるのみと留年し、塾の仕事をやりながら受験勉強に明け暮れた。過労と栄養不良で蒼白く痩せ、貧血で倒れもしたが、オキナエビスに焚きつけられた情熱は、なお赤々と燃えていた……

出会いから七十余年
父のオキナエビスは　わが本棚に
古い図鑑を従えて鎮座している
そして今日《いま》なお目が誘われて
曲がりくねっても　ただ一筋の道
無駄なことなどなにもなかった遠い日が憶われるのだ。

＊　貝類の博物館＝真鶴町立「遠藤貝類博物館」（神奈川県足柄下郡真鶴町一一七五）。

遠い呼び声

七二年四月の第三月曜日、ペイトリオッツ・デイ[*1]という祝日。昼前に、タウンハウスの、借りている二階から玄関ホールへ下りてきて、管理人のキース夫人と顔が合う。七十歳にとても見えない活発なジーニーは、にっこりし、どちらへ？　と首をかしげる。心臓破りの丘[*2]へマラソンを見にと言うと、

——ああら、だったらあなたどうして走らなかったの！

青い眼を大きくして声をあげ、両の掌《て》を上にして肩をもたげた。今年から女性も走れることになり、かつて男の形《なり》で走った彼女は興奮気味だ。少し話を聞きたいが、ホプキントンの町を出たランナーたちが一キロ北のコモンウェルス通りに近づいている。長い距離を走るのは楽しいし身体にもよく、習慣にし

たいので、見逃せない。

コモンウェルス通りは、分離帯にも花みずきなど植えこまれ、車の少ない車道を挟んで大きなオークの並木がつづく。その両側に、芝の前庭を設えた二、三階建てのタウンハウスがゆったり並ぶ静かな丘に、たいへんな人の出。キャンディーや風船を売る屋台も見える。

やがて丘の下方がざわめいて人垣ができ、瘦形《やせがた》の若者が軽やかに走り抜け、髭面の逞しい男が顔を歪めて追っていく。それからおよそ二十分。喚声と指笛に包まれて、きりっと締まり、こんがりと焼けた女性が、数人の男性を従えて、ビキニ姿で現われた――。

この日ぼくも昂《たか》ぶり、風を切って帰宅した。

ぼくが決心して走り、毎日記録しはじめたのはその九年のち、四十二のとき。帰国して、仕事が過ぎて心身ともにすり減らし、やっと心を入れ替えたのだ。すぐに効果が現われて、以来病気とはほぼ無縁。ストレスにも強くなり、体裁もあまり気にならなくなって、落ちついて仕事ができた。

走ろうと思いつつ踏み出せないでいた間、ずっと耳につき、心にしみたジーニーの澄んだ呼び声——ああら、だったらあなたどうして走らなかったの。その声を背に走りつづけて十五年、地球一周四万キロを記録したのは、彼女が黄泉《よみ》へ旅立った年。八万キロの八十路《やそじ》の坂にあるいまも、遠い丘から木魂《こだま》のように声が聞こえる。

＊1　ペイトリオッツ・デイ＝米国の愛国者記念日。

＊2　心臓破りの丘＝Heartbreak Hill。ボストンの西約十キロ、ニュートン市のコモンウェルス通りにあるボストンマラソンのコースの難所。

Ⅱ

母の言い分

母が庭先の椅子にかけ
めずらしく本を読んでいる
まっ白な髪に木漏れ日が映え
つつじが盛り
思わず　いい天気ですねと呼びかける
だが　反応はなく
膝の本に目をやっている
健康によかろうと　本を探して勧めても
いつも無言で　知らん顔
手に取ろうとはしなかった母
このところ物忘れがひどくなったが

読んでくれるのはありがたい
どの本をと　縁側から庭に降り
肩ごしにそっと覗くと
本は　上下逆さま
目は　ぼんやりとして虚《うつ》ろ
おやと思ったとたん
母はページをゆっくりめくり
ぎょっとして　動けなくなる

母は、戦時、糧《かて》を求めて奔走し、戦後は、俳句に耽《ふけ》る父に代わって身を粉にして働いた。その母が心の拠りどころにしたのが、自分の生まれ。家族制度に執着し、長男を立て、次男の私が目立つのを妙に恐れた。高校を出て自立していた私が大学院に進んでいると知ったとき、血相を変え、新聞を投げ捨てて、奥で襖をドンと鳴らした。兄の婚礼に出ることも禁じたが、しかし、父と兄との不仲のせいで私と暮らすことになり、それでも母は心を開かなかった……

眉間の深い皺が消え
見たことがない　観音様のような顔
「どうだ、これでいいのか」
と言わんばかりに
母はまたページをめくる。

そのとき　あなたは

上巳《じょうし》とは思えない寒い座敷で
顔の白布《はくふ》をそっと上げると
オールバックの黒髪《くろかみ》の
米寿には見えない顔が現われて
あなたは深い眠りにありました
入棺のときでした
枕がすっと引き抜かれ
頭が宙に浮いたのです
はっとして　思わず腰が浮きました
これがおまえの父なのだと
黍殻《きびがら》のような骨を拾わされ

それからは　梅の便りも知らぬまま
桜が散って　四十九日もすぎました
だが蟬が鳴きしきっても　蜩《ひぐらし》の声を聞いても
野分が吹いて草木が紅く染まっても
ちんまりとした離れ家に
騒人《そうじん》の温もりを感じるのでした
冬枯れて　庭に日が白く差しこみ
あなたの部屋を片づける気になりました
文机《ふづくえ》の硯や筆や水滴も
また座布団や手焙《てあぶ》りも　そのままに
衣類などいろんなものを処分しました
しかし最後に　下駄箱を前にして
手が動かなくなりました
〈足に合《お》おたんがいちばんや〉と
眼の悪いあなたが履きつづけ
わたしがずっと手入れしていた

あのすり減った　黒と茶の短靴が入っていたのです
息をつめ　取り出して
驚きました
二足とも　白っぽく黴《かび》が生え
空蟬《うつせみ》のように干からびていたのです
ほんとうにあなたがこれを――
不思議な気がし
目が離せなくなりました
だがそのうちに
気持ちがふっと軽くなり
呑みこめたのです
あなたがどれほど遠くへ往ってしまったか。

早鐘

明治育ちの八十路《やそじ》の父が
石油ストーブを乱暴に庭に出し
着物の裾をからげて及び腰になり
この野郎！　と言いながら
血相を変え　ステッキで叩きはじめた
塗りが剝げ　痘痕《あばた》だらけになっていく
買ったばかりの英国製の白いストーブ
仕上げに父は
へたりこんだストーブにステッキを投げつけて
息を大きくはずませながら
あたふたと頭から書斎に姿を消した

仕事にかかる儀式のように
朝かんてきで炭火を熾《おこ》し
十能に移してそそくさと書斎に運び
一つひとつ瀬戸の火鉢に組み合わせ
鉄瓶を五徳にのせる
かたわらの炭取に切り炭をたっぷり盛ると
表情《かお》を和らげ
花梨の文机《ふづくえ》に向かう父

その父が
木炭が手に入りにくくなり
寄る年並みもあってすすめられ
思い切って使った　石油ストーブ
が　しかし
静かに燃える青い炎が気に入らず

胡散げに小窓を覗き
芯を上げたり下げたり
黒い煙を立てたりし
くり返し説明しても
聞いているのかいないのか
おかしいと呟いては火をつけなおし
とうとうかっとなった父

あれからおよそ半世紀
あの父の齢《よわい》を迎え
ＩＴの時代の波に洗われながら
このごろ妙に憶い出される
怯えたようにカンカンと鳴らした父の
人の世の宿命のような哀しみ。

滑川

木曽川の支流、宝剣沢を一気に下る滑川。

ある年の盆の休みに、中学生の娘二人をつれて、人影のないこの渓流の端《はた》にテントを張った。あくる朝、初老の二人連れが姿を見せた。食器を洗う私に歩み寄り、男性が、この上が宝剣岳ですねと低く言い、谷の奥に手をやった。そうですと答えると、

――娘が落ちよりましてな、あの峰から。

えっ！　と言ったか、春先の新聞の〈大阪の学生、中央アルプス宝剣岳から滑落〉を思い出す。女性は後ろでハンカチを目にあてている。なんにも言えず、ゆっくりと先に立ち、頂を望む川べりに出る。幅三、四十メートルの急流は、上流からずっと下まで、大きいものは小屋ほどの、白い花崗岩で埋めつくされ

ている。この季節、川音は聞こえても、流れは目には入らない。

男性は、険しい谷の奥に目を上げながら、

――ザックもまだ出てきよりません。

そうでしたかと返し、ご愁傷さま……と出かかった言葉を抑え、少し下がって、黙禱をする。

――私たち、しばらくここにおります。どうぞ。
二、三分して促され、そっと離れる。
あの方はと妻が訊き、娘たちも気にしているが、いやちょっと、としか言えない。

その夜テントで寝つかれず、妙にしんとし、目が冴える。

日づけが変わるころ、すぐ上で、ブッポーソー、ブッポーソー……とコノハズクが叫びはじめた。冷たく澄んだ同じ高い音調で啼きつづけ、愛しいものを川向こうに呼んでいる気がして身をかたくする。ひとしきり啼いてふと途絶え、重い静寂《しじま》に包まれる。

翌日は送り火の日。川べりで、額《がく》の花*を手向けて手を合わせ、テント場をあとにする。宝剣岳の頂に日が差して、白雲《しらくも》がゆっくり流れ、郭公が谺《こだま》を呼んでいる。今日もなにも変わらない。
ただ一つ――ザックを背負い、元気よく行く娘たちの後ろ姿が、それだけが、目がさめたようにちがって見えた。

＊ 額の花＝山峡の日陰や清流のほとりなどで自生する青紫の額紫陽花《あじさい》。

Ⅲ

反哺の孝*

自然公園の蟬しぐれの道を
Tシャツにパンタロンの女性が
せっせと乳母車を押していく
だいぶ遅れて　まだ幼い男の子が二人
麦わらの帽子をかぶり　ついていく
カラスがしきりに啼いていて
朝の陽射しはもう強く
年下の子の足取りが危なっかしい

女性が乳母車をとめてふり返り
——おーい　早よこんか

いきなり大きな声をだす
年のころ三十二、三
浅黒い瘦顔《やせがお》は　化粧っけがなく
髪をうしろで束ね
運動靴を履いている

少し行って　またふり返り
きつい眼をして
――こらっ　もっと早よ歩かんか
二人はいっとき足を速める
と　年上が
横の流れで水浴びをするカラスをみつけ
足もとの小石を拾って投げつけた
パシャンと水が飛び散って
カラスはクワッと啼いて飛んでいく
――こらっ！　なにしよる！

カラスも生きもんや　人とおなじや
子供は掌を上着にちょっとすりつけ
母親の方へ駆けていく

大きな日傘をつっこんだ乳母車には
手提げと絵本と　真新しいサッカーボール
――かーわい　かーわいとカラスはなくの……
口ずさむ声が聞こえて
ついぼくも心の中でいっしょに歌い
目に見える気がする
いつの日かこの子らも
かーわい　かーわいと口ずさみ
老いた母をもいつくしむ姿が。

＊　反哺の孝＝「烏に反哺の孝あり（親鳥への恩返しに食べものを口移しして親を養う）」より。

釣鐘に眠る蝶

滑走路への入り口で待つジャンボ機の翼の上に
　トンボが卵を産みつけている
夏の日射しが映える艶やかな表面に
　尾の先を何度も何度もすりつけて
飛行機がゆっくりと滑走路に入りはじめても
トンボは翅を銀色に光らせて尾をすりつけている
と　轟音がして軀がぐんと押し出され
トンボはさっと吹き払われる
満席の機が浮いてすぐ向きを変えはじめると
大きく傾いた白い翼は
東北の海沿いの町に築かれ

震災でにわかに海の底に倒れた長大な防潮堤に見え
その上でビーチパラソルを開いていた人たちや
すぐ下の軒先で碁を打っていた老人たちが思い出されて
ぼくは思わずまぶたを閉じる
やがて機が安定し
ベルト着用のサインも消えて
機長が穏やかな飛行を約束し
――……どうぞごゆっくりお寛ぎください
と言ったとき
〈……ホモ・サピエンスも寺の鐘にねむる蝶に等しい〉*
と思想家の声が聞こえる。

* ……ホモ・サピエンスも……＝『善と日本文化』（鈴木大拙著・岩波新書）より。大拙が、蕪村の句〈釣鐘にとまりて眠る胡蝶かな〉を引用して記述。

バンガロールの鳶

インド南部のバンガロールは、研究や教育文化の中心地。ホテルの部屋の窓から大きな森とヒンドゥー寺院が見渡せて、鳶《とび》がたくさん舞っている。ピーヒョロローと、篠笛*のような高く澄んだ啼き声が絶え間なく聞こえ、IT都市だとは思えない。北大阪の丘陵でも、〈人類の進歩と調和〉を謳《うた》う万国博覧会の工事が始まるまでは、たえず啼いていたのを憶い出す。

その窓のすぐ下に隣のビルの屋上が見え、白く汚れた作業衣の男七人が働いている。吹き抜けを覆う波板が何枚か下ろされて、塗料の缶が置いてある。ひとりが波板をブラシで擦り、ホースの口を持つ男と石鹸の缶を手にした男が横で見ている。ホースの上に座っている男もひとりいて、ホースの元は屋上の水槽に入れてある。と、ホースの口を持っている男が振り向いてなにか言い、ホースの上の男が尻を上げ、ホースから水が出た。働いているのは二、三人。他は座ってしゃべっているか新聞を読んでいる。

その日、大学で学会を終え、部屋にもどると、彼らは帰り支度していた。波板にあまり変わりなく、日暮れまでに間があって、やっぱり鳶が舞っている。その啼き声を聞きながら、講演のあとインドの学生たちにつかまって質《ただ》されたのを思い出す。日本ではKAROSHI（過労死）が問題になっていると新聞で読んだが、ほんとうか？　先進の経済大国でなぜそんなことが起こるのか？　いつからそんなことになったのか？　と不安げに。

若い学徒よ、鳶に訊ねてみるがいい。威勢がいい美しい言葉は、陰謀《たくらみ》のオーヴァーチュア（序曲）かカムフラージなのだ。

＊　篠笛＝古代インドで考案された素朴な竹の横笛。

インド洋

少時、なにかの本で読み、教科書にも出てきた「インド洋」に、腥《なまぐさ》い印象が残った。西欧諸国の東インド会社による貪婪《どんらん》な取引の海路だったからであり、ずっと不気味な存在だった。インド洋を実際に見たのは還暦もすぎてから。オーストラリアのケアンズで生命化学の会議をすませ、小さな飛行機を乗り継いで大陸を横断し、インド洋に臨むカナーヴォンを訪れた。空港で、一台きりのレンタカーを借り、この国の研究者に推奨された、シャーク湾のハメリンプールに向かった。インド洋は青黒く、ずっと沖から海面をゆったりもたげ、どろんと波を寄せている。熱い西風吹いていて、象牙や鼈甲《べっこう》や葡萄酒をのせ、胡椒や陶磁器や絹を求めて行き来する大型の帆船を思い描いた。

ハメリンプールには、古生菌シアノバクテリアが光合成を行いながら作ったストロマトライト*が、黒い塔となって浅い海に立ち並ぶ。三十数億年前に現われて、かつては世界中で繁殖し、大気中に高濃度の酸素を与え、生きものを進化させたのだ。近くでは、野生のイルカが集まって、海水浴客と戯れている。さらに南下し、思わず車を停めた。雪白の海岸がえんえんとつづいている。よく見ると、同じ種類の小さい二枚貝の貝殻で埋めつくされている。有史以前から堆積し、延長百キロ以上、深さ十メートルに達するという。他の貝殻も砂もなく、海中も同じ貝殻で遠浅になっている。人影のない浜は、小波が寄せるたびごとにサラサラと、骨片を洗うように歌いつづける。ひとり渚に座っていると、腥いインド洋は霧散し、悠遠の太古からつづく生命の盛衰の場の姿を呈しはじめた。

その年の暮れのことである。スマトラ島沖でM九・二の地震が起こり、大津波がインド洋の沿岸に大きな犠牲を強いたのは。

＊　ストロマトライト＝シアノバクテリア（藍藻）が、光合成を行いながら上に向かって繁殖し、砂や泥といっしょに層状に固化したもの。

Ⅳ

鮮やかな夏

空爆

――昭和二十年六月七日午前十一時頃
Ｂ29を主とする爆撃機約四百機が
大阪北東部に爆弾と焼夷弾を投下。
死者約二千七百六十人。

敗戦の年、六月七日、豊中の国民学校で警戒警報のサイレンが鳴り、帰宅せよと指示。一年生のぼくも防空頭巾を被り、走ったが、帰ると、警報は解除されていた。だが、すぐにラジオが「空襲警報発令！　空襲警報発令！」と叫びはじめる。爆音を聞いたのか、母は「早く！」と叫んで一歳の妹を横抱きに、ぼくら子供三人と、庭の防空壕へと縁側から走り出る。ぼくはまだよくはわからず、ただ一所けんめい。団子になって倒れこみ、とたん突き上げられて、衝撃と轟音とヒーと絞る母の声。また衝撃と轟音がして放り上げられ、あとはしんとし、動けない。やがて叫び声がし、騒がしくなる。這い出ると、うす暗く、もうもうと土煙。血まみれの、ぐったりとした人たちが、怒鳴るように励まされ、担架や戸板で運ばれていく。

そのあとに、引きちぎられたようなものが落ちている。三つあり、バケツくらいの小さなものにさわってみると、熱くて硬く、反った裂け目はまるで包丁。ずっしり重く、動かない。なるほど凄かったはずだと、妙に納得。一トン爆弾の鉄の破片が空爆の印象を手に焼きつけた。

大きな穴が開いとるで！　と声がして、住まいから一町足らず。爆弾の穴は、電柱がすっぽり入る「蟻地獄」。竹槍だ、決戦だと威勢のいい人たちも、じっと穴を取り囲み、しんとしている。周り一帯、家の跡もない黄色い更地。その向こうに、材木や畳がぐちゃぐちゃに吹き溜まり、白々《しろじろ》と便器が一つ。
と、すぐ前に、盛り上がった穴のへりに添い、青瓦の屋根が、
翅を開いた揚羽のように置いてある〈〈だるま落とし〉を知っ
たのはこのときだ〉。
あくる朝、黙々と「青い揚羽」除かれて、掘り出されたのだ。
頭が押し麦になった幼児を含む家族五人が、下の壕から。
「青い揚羽」は妖しい姿を瞼に留《とど》め、今日《いま》も変わらず毒を吐く。

散る

空爆を受け、疎開した兵庫の村で、新兵が訓練中に雨季の武庫
川に落下した。
急報があったのは、新兵たちが宿営する寺で蟻地獄をつっ突い

ていたとき。顔見知りの新兵もいて、ぞっとした。しかし間もなく新兵たちは、いつものように隊列を組んで軍靴を鳴らし、〈貴様と俺とは同期の桜……みごと散りましょ国のため〉と歌いながら姿を見せた。ほっとして、ずぶ濡れの人を探した。だが、声が聞こえた。すぐあきらめて、捜さずに帰ってきたと。ぼくは気持ちが悪くなり、嘔吐した。自家中毒の症状で三日苦しみ、老医が首をかしげたという。

黄色い富士

戦争が終わって自宅にもどり、登校すると、学校は無事。言い付け通り門をくぐると帽子を脱いだ。そしてくるりと右を向き、最敬礼をしようとし、——奉安殿*がない！　残された盛り土が、黄色い富士になっている。

たいへんなことが起こったんだと気がついた。

怖い顔で「鬼畜米英」とくり返し、声が小さい、動きがのろい、列が乱れたなどと頰を叩いた女先生が、やさしくなった。ある日にはチューインガムというものを嚙んでみせ、アメリカのものだと笑顔で言った。

「黄色い富士」は珍しい遊び場になり、登っては滑り降り、お尻に土を塗りつけた。てっぺんに立つと偉くなった気がしたが、どんどん崩れ、土饅頭《どまんじゅう》みたいになって忘れ去られた。

＊　奉安殿＝太平洋戦争時、天皇の真影や教育勅語を敬って保管するために設けられた、両開きの小さな黒いお堂。

喉の記憶

戦争が終わっても食事は惨《みじ》め。むしろいっそう悪くなり、米はもちろん塩もない。ときどき配給されるのは、砂のまじった大豆や小石みたいなトウモロコシ少量と黒っぽいメリケン粉（小麦粉）。頼りにしていたさつま芋もその蔓《つる》も、やがて手に入らなくなった。ハコべなどの野草の澄まし汁にメリケン粉の団子を浮かべるだけの食事がつづく。この水団《すいとん》は、味がなくて青臭く、飢えてはいてもおいしくはなかった。しかし団子がぐっと喉を通るとき、ずっしりとした快感があり、大切な仕事をしてる気がした。

明日の命と繋がっていた、あのときぎりの喜びだ。

痩せこけた命

敗戦の夏の末、大阪の出入り橋で交通事故に出くわした。焼け跡が広がる通りの端に、トラックに轢かれた人が筵《むしろ》で覆われている。黒い短靴がわきに転がり、足が片方白い脛を見せていた。少し離れて、木炭トラックが背中から青っぽい煙を上げていて、中で男がタバコを吸っている。人通りは多いが、立ち止まる人は少ない。医者も巡査も来てなくて、ぼくは父の背後で身をかたくしていた。夕闇が迫り、雨が降りはじめていた。空襲で死者をたくさん目にしていたが、濡れた道路のこんもりとした筵は、自分が中にいるような気持ちにさせた。その夜はなにも喉を通らず、すぐ床に入った。

それからは、トラックが通るたび、運転手を下からキッと睨《ね》めつけた。

だれもなんにも言わなかったから

昭和二十年五月のある日
学校の誇りだと　校長先生に励まされ
お兄さんのような花熊先生が
国民学校の朝礼台に勢いよく立った
四月の入学式で
〈花のように優しいが、
　悪いことをすると熊のようになる〉
と自分を紹介した先生だ
大柄で怖そうだが
廊下で会うと　いつもニッコリ

その先生が

〈戦争に行き、熊になって戦ってきます〉
と大きな声で言い
教頭先生のあとにつづいて
「万歳!」と叫んだのだ

しかし
戦争が終わり
ぼくが二年になっても　三年になっても
花熊先生の姿は学校になかった
校長先生もなんにも言わず
朝礼のたび　悲しくなった
〈花〉が散った気がしてならなかったのだ
奉安殿がなくなったとき
先生はなんにも言わず
生徒の数がぐんと減ってしまっても
だれもなんにも言わなかったから。

唐辛子の歌

敗戦後すぐ
街のはずれに掘立小屋が四、五軒建って
朝鮮の人たちが暮らしはじめた

その日の糧《かて》に困る日々
日本人はささやかな配給を待ちながら
反物や調度や骨董など手に農家を訪ね
頭を下げて飢えを凌いだ
朝鮮人は荒れ地をせっせと開墾し
冷たい流れに芹を摘み
鶏《とり》や兎を飼っていた

ある日には収穫物をリヤカーにのせ
子たちとどこかへ運ぶ姿があった
屋根で干される唐辛子がコウ*の色
おいしそうな紅色だった
たんといた子は冬も素足で
手も頬も皹《ひび》だらけ
しかし子たちはよく歌を歌った
〈テンプテンカン、テンプクリンカン……〉
なんの歌かわからない
〈チューチャーチャーパーウーライナ……〉
なんの歌かは知らないが
日暮れどきにはたいていだれか歌ってた
夕映えに包まれて焚き木を背負い
歌いながら森から帰ってくる日もあった。

ぼくたちがコウに行くのを親は禁じた

それでもぼくはよくうろついて
ついそれを口にして叱られた
歌をまねては母に叱られ
なぜいけないのか訊いて父に打《ぶ》たれた
今日《いま》でも紅い屋根が目に浮かび
遠くから子たちの歌が呼びかける。

＊　コウ（またはコル）＝「集落」の意の朝鮮語。

アスペンの葉ずれ

かつて高遠な理念を掲げて独立し
二百年祭に気が逸《はや》る米国は
強引に攻め込んだ戦場が泥沼化して
数万の米兵と数十万のヴェトナム人が命を落とし
内外で非難の声が高まっていた
ニクソン大統領は連日テレビで苦い顔をしていたが
エトランジェ[*1]の私自身も窮地にあった
ボストンで働きはじめて三月《みつき》目になるが
給料がまだ出ない
家賃の支払いに迫られて
オフィスに足を運んでも説明はなく

「またジャップが……」と背後で声が聞こえる

その日
バス代五十セントを節約し
十キロほどを歩いて帰宅する途中
道に迷って貧しい地区に入りこむ
毛布など載せたスーパーのカートを傍《かたわ》らに
塀の日陰で本を読む黒人の男性に尋ねると
分厚い本に指を挟んで顔を上げ
遠くを指してゆっくり話し
すぐにわかるよとほほ笑んで
グッ・ラックと手をのべる
その手を取って礼を言い
ふと目についた本の表の〈WALDEN〉と〈WOODS〉
おやと見なおし
ソロー*2の『WALDEN, OR LIFE IN THE WOODS』

指された方へ足を動かすうちに
ひとりでに顔がほころび
せんだって訪れたその森の
サワサワと鳴る新緑のアスペン[*3]が甦る
ヴェトナムでおびただしい血を流しつつ
またもや月に人を立たせて
星条旗を掲げて沸いていた夏の盛りの
一瞬の清風。

＊1　エトランジェ＝土地にとけこめない外国人。
＊2　ソロー＝H・D・ソロー（一八一七―六二）。奴隷制に反対し、物質文明を鋭く批判した思想家。ボストンの西方、ウォールデンの森で手作りの小屋に二年間隠栖し、『ウォールデン　森の生活』を著わした。
＊3　アスペン＝アメリカヤマナラシ。

刺青

敗戦後四半世紀の夏、ボストンから西へ車で旅に出て三日目の
昼下がり。ネブラスカ州のハイウェイの休憩所で疲れて芝生に
倒れていると、初老の夫婦がキャンピングカーに招いてくれ
る。紹介しあい、内外で激しく非難されている北爆*が話題にな
って、ニクソン政権を嘆きあう。そのうちに、横須賀にいたこ
とがあるという彼は、ヨコハマ、トキオ、カマクラと指を折り、
大阪から来たと言った私に、
――大阪にも行ったことがある。ほら、爆撃機で。
よく訊けば、敗戦の年、六月七日。
私がまさに下にいて、死者二千数百と話すやいなや、彼は顔を
こわばらす。震えるコーヒーカップをテーブルに置き、ジャム
の瓶を押しやって腕を組み、

―― Well, ―― no idea.

(その、――思いもしなかった)

低く呟き、目を伏せて動かなくなる。

彼女は車の外まで私を送り、青い眼を大きくあけて訴える。

――知らなかった、大阪を爆撃したなんて。あんなによくおぼえてるのに。

忘れずにいてくれたことに救われた気がし、案じると、

――やさしい人よ、ほんとに。でも大丈夫。私が運転することになりそうだけど。

大平原をまた西へ走りはじめて、くり返し甦る、防空壕の闇を襲った衝撃と轟音とヒーと叫ぶ母の声。運ばれる血まみれの人々の姿に重なって、目の前にライフル銃が刺青《いれずみ》の背にのって現われ、大きなバイクが追い越していく。

＊　北爆＝ヴェトナム戦争時、一九六五年にはじまった米軍の重爆撃機による北ヴェトナムへの激しい空爆。

言霊《ことだま》の国

〈八月九日の白夜に、首都レイキャビクのチョルニトン湖で灯籠流しが行われました。今年も市民数百人が原爆の犠牲者に哀悼の意を表したのです。たくさんの火が湖面に揺れて、『原爆許すまじ』の歌声がし、涙する人もいました〉

遠い国からの残暑見舞いの絵葉書は、裏側に火を噴く氷の火山。アイスランドは、北海道より少し大きい、人口三十数万の国。十世紀に民主的な議会制度を確立し、軍隊も男女の格差も認めない。北極圏にごく近く、秋が過ぎれば明るいのは数時間。森林はなく、鉱物資源にも恵まれず、水産業を中心に、農業

も発電も地熱に頼る。プレートの境界にあり、地震が絶えず、
火山活動も活発で、デンマークへ避難することもある。

油断ならない島国の
千年も変わっていない言葉はいわば慈母
世界でいちばん本がよく読まれ
十人にひとりは自叙伝を書き
ユニークな作家を多く世に出してきた
〈アイスランド語を話し始めると人生が生き生きとする〉
と詠んだのは漂泊の詩人ビル・ホルム*
母音の響きはやわらかく
〈こんにちは〉は〈幸せになりましょう〉
〈さようなら〉は〈幸せになりますように〉の意味なのだ。

* ビル・ホルム＝世界中を旅したアイスランド系米国人。エッセイストであり、音楽家でもある。

みんな

〈みんな〉は　〈すべて〉とはかぎらない
子供も使う
人を操《あやつ》る便利な言葉
みんな持ってる
みんなあなたに困ってる
みんな協力し合ってる
などと圧力をかけ
買い求めさせ
排斥し
駆りたてる

老いも若きも
〈みんな〉と聞いてうろたえる
のけものにされた子供みたいに
だがそんな〈みんな〉の被害者も
たいてい〈みんな〉を愛用し
愛用しつつ〈みんな〉に翻弄《ほんろう》される

ホモ・サピエンスが数万年前に身につけた
大勢順応という世渡りの術《すべ》
遺伝子の命令に叛《そむ》ける誇りはいずこ
手もなく折れて
まわりに合わせて安心し
流行《はやり》に乗って満たされる

かつて〈みんな〉が「万歳」を産み
「万歳」が　国歌になって

個が影を消し
少国民の
わが五官に染みた生き地獄

老いさらばえて
毅然《きぜん》と生きる。

あとがき

記憶というものは、年月とともに枝葉から枯れていく。その一方で、齢《よわい》を重ね、時勢も変化するにつれ、思いを深くしたり認識を新たにすることもあって、生きもののような気がする。そのせいか、八十路《やそじ》にかかり、来し方に妙に呼びかけるものがあり、文にしておくことにした。自伝のようなものだが、自叙伝を書くほどの人生ではない。その断章の、「自伝詩」を試みた。

私の幼年の記憶は、ほとんどが戦時の凄惨な体験と惨めな暮らしで占められている。国民学校一年のとき終戦を迎えた私は、戦禍を知っているほぼ最後の世代だろう。昭和二十年の春から秋にかけての出来事を事細かに記憶しているのだが、その後の二年ほどの事柄は、ほっとしたのか、あまりおぼえていない。厳しい体験だったにちがいない、考え方や生き方に強く影響したようだ。

その戦時、四十代だった私の父は、召集されず、空襲で命を落とすこともなかったが、俳句に魂を奪われていた。とりわけ戦後は身を入れて、生業を持とうとはせず、わが子にも関心は薄かった。母が働き、不自由な暮らしが長くつづいたのだが、このこともまた、よくも悪くも影響を及ぼした。

詩文を書けば、自分自身をより深く知ることになり、安らぎにもなるのだが、読み手の心に入《い》るものがあればうれしい。

ここにまとめた作品は、ほとんどが未発表だが、大阪文学学校で批評をいただいたものがある。出版に際しては、土曜美術社出版販売の高木祐子さんのお世話になり、装丁は直井和夫さんの労をいただきました。厚くお礼申しあげます。

二〇二〇年　夏

山口春樹

著者略歴

山口春樹（やまぐち・はるき）

1938年大阪に生まれる。神戸大学理学部化学科卒業。
大阪大学大学院理学研究科（生物化学専攻）に学ぶ。理学博士。
1971—1973年ボストン大学医学部にて在外研究。

詩集『象牙の塔の人々』（2009年、澪標、第11回小野十三郎賞特別奨励賞）、随筆集『冬菊』（2009年、澪標）、短篇集『犀の角』（2012年、澪標）、詩集『天空の道』（2013年、澪標）、短篇集『USA　九つの物語』（2015年、澪標）、詩集『いのちの渚』（2018年、土曜美術社出版販売）がある。

現住所　〒567-0046　大阪府茨木市南春日丘3-2-37

詩集 遠《とお》い呼《よ》び声《ごえ》

発行　二〇二〇年十月二十五日

著者　山口春樹
装丁　直井和夫
発行者　高木祐子
発行所　土曜美術社出版販売
〒162-0813　東京都新宿区東五軒町三—一〇
電話　〇三—五二二九—〇七三〇
FAX　〇三—五二二九—〇七三二
振替　〇〇一六〇—九—七五六九〇九
印刷・製本　モリモト印刷
ISBN978-4-8120-2597-0　C0092